衛斯理系列 少年版 27

盜墓

作者：衛斯理

文字整理：耿啟文

繪畫：鄺志德

老少咸宜的新作

　　寫了幾十年的小說，從來沒想過讀者的年齡層，直到出版社提出可以有少年版，才猛然省起，讀者年齡不同，對文字的理解和接受能力，也有所不同，確然可以將少年作特定對象而寫作。然本人年邁力衰，且不是所長，就由出版社籌劃。經蘇惠良老總精心處理，少年版面世。讀畢，大是嘆服，豈止少年，直頭老少咸宜，舊文新生，妙不可言，樂為之序。

倪匡　2018.10.11　香港

主要登場角色

病毒

白素

齊白

衛斯理

胡非爾上校

三個神秘人

泰豐將軍

第十一章

　　病毒怪我發問太多，將那三個神秘人 *氣走*，我冷笑道：「對我來說，一點 **損失** 也沒有，你收藏的黃金陪葬品，或許令很多人着迷，但對我而言，卻不值什麼。我看你如此緊張，那三個人承諾給你的 **好處** 一定很大，你才 *損失慘重* 啊。」

　　病毒十分惱怒，這時走廊那道門剛好又打開來，我轉身就走，可是一**跨**出去，便看見都寶站在門口，手中拿着被撕破下來的大半件白袍，顯得十分**驚慌**的樣子。

　　「你怎麼了？剛才看到了什麼？」我問。

　　都寶渾身發抖，好不容易才發出了聲音：「我……什麼也沒看到。」

　　「什麼也沒看到，怎會害怕成這樣？」

　　「就是因為……什麼也沒看到……才**害怕**。」

　　我實在聽不明白，還想再問，這時病毒叫道：「別問那麼多，讓他自己說。老天，你能不能閉上嘴，少問點問題？」

這個小器的 **老頭**，還在怪我問題太多，但我沒有和他爭吵，只等着都寶的解釋。

都寶情緒鎮定了一些後，慢慢叙述：「我看到那三個人很快地走出來，其中一人的 **衣角** 被門夾住。我想攔阻他們，可是那個人的衣角雖然被夾住，卻沒有停步的意思，依然向前走，白袍因而被扯裂了一大部分，留在門邊上。」

我還是忍不住問：「白袍給扯下，你看到了他的 **身體**，所以害怕？」

都寶長長地吸了一口氣，「不，我什麼也沒有看到。白袍裏面，什麼也沒有，**根本沒有身體**。」

　　我被他的話嚇呆了，「根本沒有身體」是怎樣的一個狀態？就算對方不是人，是一頭**怪物**，袍子裏面，也該有怪物的身軀，除非⋯⋯

　　想到這裏，我立時「啊」地一聲說：「你的意思是，他是**透明人**？」

　　但都寶搖着頭：「不，他們絕不是透明人。當他的白袍被夾住，卻又未裂開的時候，整件白袍給扯成了**四十五度**。」

「什麼？」我很驚訝。

都寶繼續說：「如果白袍中有身體的話，不可能以這個角度前行，所以他不是**隱形**，而是白袍內根本沒有身體！當白袍給撕破之後，我也確實看不見他的身體！」

「沒有身體，怎麼前進？」我呆呆地問。

都寶苦笑道：「當時我實在嚇得驚呆了，現在回想起來，在他頭巾下面罩着的，應該是頭，他們不可能連頭也沒有。而他們其實不是步行，而是向前**飛**的！」

我在想，那三個人頭巾拉得很低，坐沙發總是擠在一起，說不定就是要掩飾他們奇特的**真身**！

這時，病毒忽然講了一句話：「其實，他們第一次來的時候，我就發現這三個人不是普通人。身為一個傑出的盜墓者，我擁有比**兔子和地鼠**還要靈敏的聽覺——」

　　這個我當然知道，古墓之中常有許多不可測的陷阱，盜墓人如果一不小心，就會中了 **陷阱**，葬身於古墓。而不論陷阱如何巧妙，在發動前總會有一點聲響，如果聽得到，就能及時 *迴避*。所以，靈敏如地鼠的聽覺，是傑出盜墓人必需的條件之一。

　　病毒向我指了指，「譬如說，我在這裏，可以聽到你的呼吸聲和心跳聲。」

　　我悄悄屏住了呼吸，病毒果然立即說：「*現在你沒有呼吸。*」

　　我心中不禁佩服病毒這項本領，他接着道：「那三個人第一次進來時，我就發覺他們沒有呼吸聲，也沒有心跳聲。」

　　我驚訝得説不出話，兩眼發直，聽着病毒繼續説：「當時我只是想到，啊，我老了，聽覺不再像以前那樣**靈敏**了。可是，身邊其他人的呼吸和心跳，我完全可以聽得出來，比如帶他們三個人進來的阿達，心跳就十分劇烈。」

　　我愈聽愈感到一股**寒意**。都寶更惶恐道：「師父，那三個人是——」

　　「是死人，可是他們又能開口講話。都寶，我已經夠**老**了，老到什麼怪異的事都遇過、聽過，也老到沒

有什麼怪異的事可以嚇倒我，所以我才能保持鎮定，和他們 **交談**，和三個沒有呼吸與心跳的人交談。」

聽到這裏，我感覺自己的腦袋快要裂開來了，沒有呼吸、沒有心跳，甚至沒有身體，在這樣的情形下，還能稱這三個人為「人」嗎？我不禁叫了出來：

「*那三個根本不是人！*」

病毒説：「對，他們不是人，不知道是什麼。」

我感到這事情滑稽之極，苦笑道：「三個不知是什麼……的東西，要偷**古墓**裏的七十四具屍體，究竟有何用？」

病毒也苦笑，「每個人都有自己最*渴望*得到的東西，他們渴望得到那七十四具屍體，自然有他們的理由。」

「那麼，他們承諾給你的**好處**，一定是你最渴望得到的東西，才會令你那樣緊張，急急找齊白來替你去辦。」

病毒沒有回答。

我繼續道：「其實你不説，我也大概猜到了，他們給你的承諾，就是延長你的生命，甚至 **回復青春**，是不是？」

病毒震動了一下，緊抿着唇。

我嘆了一聲，「不過，你上當了，他們連盜墓都要託人去辦，哪有這樣大的*能力*——」

我的話還沒有說完，病毒突然從口袋裏取出一小段翠嫩的 枝葉 給我看。

「什麼意思？」我問。

病毒說：「當日他們提到給我的 酬勞 時，其中一人將一直蓋在木桌上的白袍衣袖稍稍移開，你猜我看到了什麼？」

我驚呆地指着他手中的枝葉，「就是看到它？」

病毒點點頭，「我看到那張木桌上居然長出了一片嫩葉。」

一塊已經做成 桌子 的死木頭，怎麼可能會長出葉來？我不相信，試着尋找解釋：「是不是木桌上有縫隙，而縫隙裏剛好又卡住了一顆種子——」

病毒搖搖頭，「那張木桌你也見過，很光滑，沒有任何縫隙，枝葉就從木頭裏長出來，當時只是很小的一片樹

葉，我把阿達打發出去之後，**親手**將那片樹葉摘下來，我知道那是真的，他們亦隨即承諾，能讓我回復青春活力。」

「那是 **魔術**！樹葉是假的！」我依然不願相信。

「我把樹葉摘下來之後，它居然還在慢慢生長，變成了現在這個模樣——帶着幾片樹葉的嫩枝。」病毒十分嚮往地望着那段枝葉。

「怪不得……」我終於明白病毒為何那樣緊張，「你為了自己能回復青春，就讓齊白去替你**冒險**，等齊白出事了，現在又叫我去。」

病毒嚴肅道：「他是自願的！沒有人逼他去，我也沒有逼你去——」

他說到這裏，語調突然之間又變得極其 **軟弱**，「可是⋯⋯我求你去⋯⋯真的，他們答應我，讓我可以回復到 二十歲 時候的活力。」

我冷笑着，「那麼，你只給我二十個收藏室的其中一個，未免太吝嗇了吧。」

怎料病毒想也不想就說：「 *只要你能成功，全給你。* 」

第十二章

沙旋渦

病毒所給的報酬，可以說是破盡 **世界紀錄**。我雖然不會為了這個報酬而動心，但也打算再去見一見那三個「人」。

他們臨走時提及那通接到胡明家裏的電話，**證明**那個電話是他們打的，如果要找他們，大概就要去電話裏提及的那個地方：*北緯* 二十九點四七度和 *東經* 二十九點四七度的交界處。

　　我對病毒説：「現在我不能肯定地答應你，但是我知道他們在哪裏，**我要去見他們**。」

　　病毒連聲道：「那太好了，太好了。」

　　我回到胡明的住所，發現阿達還在，而胡明則向我**一直奔**過來，着急地問：「病毒叫你做什麼？你提出了條件沒有？」

　　我雙手把他壓在一張椅子上坐着，説：「你聽清楚了，只要我能做到病毒的要求，他就將他所有的珍藏都給我。」

　　胡明和阿達一起張大了口，胡明 **問** 道：「天，他要你做什麼？」

　　「盜墓——從一個墓室中，將七十四具屍體盜出來。就是齊白沒有做成功的事，齊白如今下落不明，**凶多吉少**。」

　　「為了那些珍藏，再危險也值得。」胡明居然不是勸我別冒險。

　　我冷冷地說：「我可以向病毒 **推薦** 你，由你去做。」

　　胡明一時語塞，沒有再說話，只是尷尬地笑了笑。

　　胡明和阿達為我準備好一切所需裝備，第二天一早，我便開着一輛 **吉普車** 出發，駛向沙漠。

　　到了中午時分，天氣酷熱，在沙漠上開車十分乏味，那「二十九點四七度」的交叉點在開羅西南大約兩百公

里，車子在沙漠上行駛的速度不可能太高，在 夕陽時分 才接近目的地。

我停車後，拿起了望遠鏡，凝神觀察，看到在兩百多米處，沙粒 正在緩慢地移動着，要很細心才看得出來。

再向前看去，可以看出沙粒移動的速度在漸漸加快。移動朝一個 方向 進行，沙粒愈往前，速度愈快，一直到了一個中心點。

出乎我意料的是，那中心點並非向下陷，而是向上鼓起，形成一個直徑不到一米的 小沙丘 ，只有二十厘米高。沙丘的頂端相當尖銳，而那個尖端上，沙粒在迅速地翻滾。

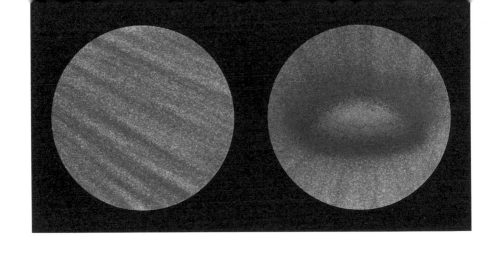

　　胡明曾向我解釋，這裏是流沙井，是一個沙的旋渦，按理說應該是 ▢ 下去的，不會這樣 ▓ 起來。

　　我知道我這樣做有點滑稽，但我還是大叫着：「喂，你們在什麼地方？我來了，這裏是二十九點四七度，我來了，你們快出來！」

　　我一面叫，一面用力按着汽車喇叭，發出驚人的聲響，在**平坦廣闊**的沙漠上，只怕三千米之外也可以聽得到。

　　我叫嚷了好一會，沙漠上一點動靜也沒有。

　　我悶哼了一聲，自車上拿起繩子來，扣在自己的

*腰*上，繩子另外一端則纏在車子的一個絞盤上。這本來是一種特殊 *爬山* 用的裝備，如今我也用得着，如果我被沙旋渦捲下去，繩子會扯住我，防止我往下陷，而我也可以拉着繩子，掙脫沙旋渦。

　　準備好了之後，我開始向前走，想走近中心點看清楚和大叫，可是愈走近中心點，我雙腳 **下陷** 得愈厲害，有

一股 **頑強的力量** 將我向下扯，力量之大竟然將繩子也扯斷了。我眼前一黑，整個人被扯進沙中去。

事情發生得太突然，我來不及害怕，只覺身子半埋在沙中的那種 **壓迫感** 突然消失，然後聽到那個我已經很熟悉的生硬聲音：「你來了，很好，你終於想通，肯替我們做事了？」

我眼前一片黑暗，什麼也 **看不到**，但呼吸並無困難，我問：「我在什麼地方？」

「你在什麼地方並不重要。你是不是決定到那墓室去，將裏面的七十四具屍體全盜出來？」

我悶哼了一聲，「**你以為我是為什麼來的？**」

「那就好，我們出發吧。」他說。

我試圖向前走，但馬上碰到了一道 **牆**，不禁怒道：「我什麼都看不到，怎麼出發？」

「請向右。」那聲音説。

事情到了這個地步，我也只能照着他的指示，轉向右，走出了大約三四步，又碰到了一樣東西。我能摸出那是一張椅子，而且椅子上方還有一個 **圓** **形** 的裝置，摸起來就像 **理髮店** 用來替客人燙髮的椅子。

那聲音這時又響起：「請坐下！」

我坐了下來，那聲音詳細地解釋：「你聽着，你會暫時昏迷。我們帶你到那墓室的 **入口處** ，到時你要經過一條長約八百米的通道，出了通道之後的情形怎麼樣，我們不清楚，但我們相信，必然已離墓室不遠，在那墓室中，有七十四具屍體，你要將這些屍體全都運出來。」

「嗯，就讓我來 *挑戰* 一下這個古墓。」

「古墓？誰説是古墓？」

我呆了一呆，「不是古墓是什麼？」

　　那聲音停了一停，好像 **不願** 回答我，只說：「那只是一個墓室，你到了，自然會知道。」

　　我還想追問，卻已經遲了，椅子上的圓形物體向我頭部罩了下來，我耳邊響起了一陣陣的「 *滋滋* 」聲，我在極短的時間內就喪失了知覺，昏迷過去。

　　不知過了多久，我突然 **清醒**，站了起來，眼前仍然一片漆黑，我立時又聽到了那聲音說：「在你的右邊，有一些必要的工具，你可以開始了。」我略蹲下身，用右手向下摸索着，摸到了一個柔軟的 **皮袋**，打開袋子，伸手進去，出乎意料之外，第一件觸摸到的東西就是 **電筒**。

第十三章

不知置身何處

　　我立時取出　電筒，亮起它，光芒非常強烈，使我可以看清眼前的情形：我在一條十分粗糙掘成的地道中，我所在的地方，剛可以供一個人站起來的**高度**，看來是地道的起端。

　　觀察過環境之後，我又用電筒向袋子中照了照，發現袋中有一柄電鑽和其他各種各樣的工具，我不去一一研究它們的用途了，繫上皮袋，拿着電筒，就沿着地道向前走。

地道內相當狹窄，我只好彎下腰，手足並用地爬過去。

在狹長的地道裏慢慢 *爬行* 絕不愉快，前進了足有八百米後，前面沒有去路了，只是一片石壁，但是高度可以使人站起來。

我站直身子，看到在前面的 **石壁** 上，有一塊被切開而又放回原位的花崗石。我用力抓住了石角，向外拉，那塊石頭發出了一下 **沉重的** 聲響落下來，現出了一個洞。

那洞的大小可以供人鑽進去，而我聽到了一種奇異的聲響，像是什麼機械在有規律地運行時所發出來的，而我絕未料到會在古墓裏聽到機械的 *運行聲* 。

我沒有其他路徑可以選擇，只好從那個洞鑽進去，用 **電筒** 照射看看，發現那是另一條十分長的甬道，我身

處這條甬道的中間部分，向兩端照去，電筒的光芒都不能照到盡頭。

我記得在齊白的影片錄音中，他曾對眼前的甬道表示極度疑惑，不知道自己身在何處。如今我終於明白他的感受了，因為我看到這條甬道竟然是水泥造的！

但水泥發明了才多少年？在古墓之中，怎麼會有一條水泥甬道？而且在甬道的頂部，還有幾條 粗細不一 的鐵管子鋪設着，鐵管子上還塗着黑色的柏油。

這樣的甬道，這樣的鐵管，再加上有規律的機械聲，不論從哪一點來看，我都是處身於一個 現代化 的建築之中！

我勉力使自己鎮定，走出幾步，看到甬道的水泥壁上，有一個用白漆畫成的巨大箭嘴，箭嘴指着我身後

的方向。我本來就不知道該往哪一個方向走，如今看到了 **箭嘴→**，只好假設它所指的，正是我該要去的方向，所以我轉過身來，向前走去。

甬道十分長，而且不論我如何放輕腳步，總有 回聲 。由於有一股莫名的壓迫感，我愈向前走，呼吸愈急促。

不知道走了多久，那種機械運轉聲愈來愈清晰，而終於，我看到了一樣極其 **古怪** 的東西。

那東西本身並不古怪，但在這個情況下出現，卻完全出乎我的意料。它就是巨大的抽氣扇！

抽氣扇的葉子大約有兩米高，整個抽氣扇恰好將甬道的 **去路** 完全封住。它在轉動着，而那種有規律的機械運行聲，就是它發出來的。

「**來錯地方了！**」這是我第一個感覺。從整個甬道、鐵管、抽氣扇看來，這裏應該是一座巨大建築物的最底層。

我不應該在這裏，我應該在一條由**石塊**鋪成，甚至是**黃金**鋪成的甬道中，通向一個墓室，而不是眼前這些水泥、鐵管和抽氣扇。

我不由自主地大聲叫：「**弄錯了**，你們弄錯地方了！」

我希望那三個神秘人可以聽到，但是一連講了五六遍，也沒有得到任何回應。

我看到抽氣扇旁邊，有一扇**小鐵門**。由於抽氣扇的扇葉轉動得不快，所以能約略看到抽氣扇後面的情形，那裏面像水泥甬道一樣，有着許多粗細不一的鐵管子，看起來像是一個機房。

　　我絕對來錯地方了，轉身想往回走時，看到角落處有一個打開了的工具箱，裏面有不少奇特的工具，而每件工具的柄部都有一個十分**精緻**的象牙雕刻。

　　我一看就知那是齊白的盜墓工具，齊白喜歡為他的工具鑲上象牙柄來☆**炫耀**，表示他是第一流的盜墓人。

　　齊白 的工具 為何會在這兒？是不是齊白還在這裏？

　　我又叫了兩聲，得不到回答。我望着那扇小鐵門，走過去推了推，小鐵門應手而開，門鎖早被破壞了，很可能是齊白做的。

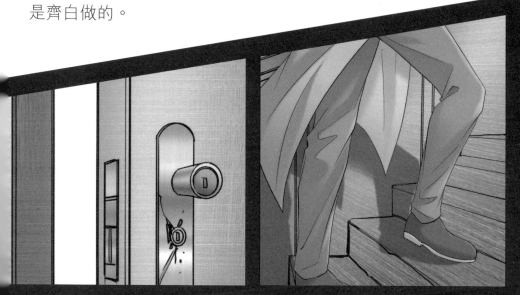

我俯身進去，小鐵門後面果然是一間機房，另外有一扇鐵門關着，但是**門鎖**顯然也被破壞了。

我來到那扇門前，拉開了門，看見一道樓梯通向上，樓梯的盡頭處，又是另外一扇門，門上用紅漆寫着一行英文字：

「**未經許可，不得開啟。**」

NO UNAUTHORISED ENTRY

一看到這行英文字，我不禁低聲咒罵了一句。我的預料沒有錯，這裏根本不是什麼古墓，而是一座現代化建築物的**地下層**，我真的去錯地方了！

　　我於是轉身往回走，穿過機房，自小鐵門中彎身而出，又回到了甬道中。

　　我提了一下齊白的工具箱，發覺相當沉重，決定由得它留在那裏。然後，我循 **原路** 回去。

　　我感到事情十分怪異，一座建築物如果有着這樣的地下層，地面上的建築必定十分宏偉。然而在那「二十九點四七」的 *經緯度*，我可以肯定數十公里之內也絕無任何建築物。

　　我從 **水泥** 甬道回到那條狹窄的地道，再爬行返回那個起點。我注意到那個 *小小的空間* 並沒有其他出口，我先大聲叫了幾聲，得不到回答，便開始四面敲鑿，希望找到出口，我甚至取出那柄電鑽來，嘗試向上鑽。

　　鑽頭相當銳利，上面的泥土和石塊紛紛落下，不一會，鑽頭碰到了較堅硬的物體，那是一塊鐵板。

我雙手用力向上一頂，**鐵板** 居然一頂就開，柔和的月光立時射了進來。

我連忙 **爬** 了出去，當看到外面的情形時，我整個人都呆住了。

外面雖然仍是 **沙漠**，但與二十九點四七度那個沙漠截然不同。

我眼前這個沙漠有石塊，有些地方長着很矮小的 **植物**，甚至有一隻土撥鼠睜大眼睛望着我，或許由於我從地下鑽出來，牠把我當作 **同類** 了。

我將鐵板放回去，然後四面看看，竟看到約一公里之外，有一群建築物在透着燈光。

我真的呆住了，心中滿是疑惑，我大步往燈光的方向走，一路上驚動了不少 **夜間** 在沙漠中活動的動物，當我

看到一條背部有着鮮白色花斑的蜥蜴迅速爬過時，我真的嚇了一跳，因為我知道這種蜥蜴只生活在北美洲的沙漠。

我吸了一口氣，繼續向前走，同時留意着四周的生物，發現不止那  **蜥蜴**，我還能看到一種只生長在墨西哥沙漠上的仙人掌，使我不禁懷疑自己正身處美洲。

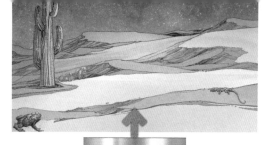

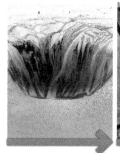

埃及流沙井　　**黑暗空間**　　**花崗岩石地道**　　**水泥甬道**

可是，我怎麼會從非洲的沙漠，被轉移到了 **美洲** 來？

我 **加快腳步** 向前走，發現那一堆建築物相當低，卻有着很高的圍牆，看起來像是一座監獄。

再向前走了大約十分鐘，來自牆頭上的一道燈光突然 **照** 向我，接着是一陣陣的吆喝聲。

我完全不知道自己身在何處，也不知道發生了什麼事，**忽然之間**，又有另外兩股光芒向我射來，同時我聽到了車聲和犬吠聲。

我循聲望去，看到一輛吉普車，亮了 **車頭燈** 照

着我，同時，至少有四條大犬自車上竄下，向我 **衝** 過

來。而車上的人則用英語對我大聲

呼喝：「站住別動！」

第十四章

那四頭 **狼狗** 來勢很兇，但顯然都經過訓練，一下子竄到了我面前之後，就坐着不動，只是不斷發出可怕的吠叫聲。

我不敢亂動，只見車上有兩個人向我走來，他們十分 **高大**，手持自動步槍，用槍指住了我，其中一人喝問：「你是什麼人？在這裏幹什麼？」

他説話帶着 **濃重** 的美國南部口音，我怔了一怔，説：「我迷路了。」

「迷路？」那人像是被我的話 **激怒** 了，向我逼近了兩步，「快離開！你可知道，剛才你只要再向前走一步，崗哨就可以向你射擊？」

我呆了一呆，「我完全不知道。」

那人説：「**這裏是軍事禁區！**」

「好，我馬上離開。不過，你能告訴我，這裏是什麼地方嗎？」

那人發起怒來，吼叫道：「你想 **打探** 什麼？快轉身，向前奔！」

我連忙説：「**你誤會了**，我只是想知道，我在什麼地方，例如什麼國家？」

但他們回答的方式很特別，朝我做出準備開槍的姿態，並喝道：「快滾！」

我只好拔足奔去，一直向前 **跑**，至少跑了一公里，

四頭狼犬才不再追來。

我看到一大叢 灌木，於是坐下來，倚着樹叢旁的一個土堆歇息着。

忽然之間，我聽到一陣「悉索」的聲響，像是什麼東西正在挖着泥土。我心想，那當然是 *夜行動物* 所發出來的聲音，不是土撥鼠，就是地鼬。

就在這個時候，「砰」的一聲，我身旁有一塊連着幾株小灌木的 土塊 突然被推開，現出了一個相當大的洞穴。那土塊分明是用來掩飾那個 洞穴 的，這真是怪現象，什麼動物會有這樣高的智力？我一動也不動，只是盯着那個洞穴看，忽然有一個人探出頭來！

我實在嚇了一大跳，那人的頭冒出來，轉動了一下，我看不清他的臉，只見他的頭髮又長又亂，鬍子也相當長。

　　當他完全爬出來的時候，和我**打了一個照面**。他直視着我好一會，身體不由自主地顫動起來，突然激動地說：「天！衛斯理，是你！」

　　這晚發生的事情實在太奇幻了，我從**非洲**來到了**美洲**；去盜古墓，卻來到了一座現代建築的地下層；好不容易在荒蕪的地方碰到了兩個人，卻什麼也問不到，還

幾乎被槍殺。如今遇到一個居住在地洞中的穴居人，竟然能叫得出我的名字。我一定是在 **做夢** 了。

「是我，齊白。」他説。

我瞪大雙眼看清楚，才驚叫起來：「天！是你！」

齊白顯得很 **緊張**，看了一下四周，便拉住了我，「進去再説。」

「到哪裏去？」我呆了一呆。

齊白指了一指那個洞穴，我苦笑道：「怎麼一回事？你住在 **地底**？」

齊白焦躁起來，「我是沒有法子，只有這裏 **最安全**，我如果露面，就會被殺死。」

他説着已經 **伏下身子**，向地洞鑽去。我看着他進了地洞，只好也學他那樣，**吃力地** 鑽進去。

　　齊白亮了一盞電燈，可以看到這個坑勉強能供兩個人
直着身子躺下來，坑頂上有兩根管子引導新鮮空氣，土坑
中有一些罐頭食物和瓶裝水。

　　我一進來，他就拉動了一根繩子，將那塊長着灌木
的土塊拉回原位，掩住洞穴。然後他指着那兩根管子
説：「如果感到呼吸不暢，就用那管口呼吸。」

　　他又將一瓶水拋給我，我口渴得可以，立時打開，
連喝了幾大口，才説：「誰要殺你？」

　　齊白嘆了一口氣，「就是殺單思的那些人。」

　　「*他們*是誰？」我心中有太多疑問，「還有，你能不能先告訴我，這裏是什麼地方？」

　　齊白睜大了眼望着我，反問：「你從一個流沙井中來的？」

　　我點了點頭，正想**開口**叙述之際，他已經接着說下去：「流沙井在二十九點四七度，三個神秘的**白衣人**讓你去，你被沙扯下，坐在一張椅子上，然後──」

這時輪到我打斷他的話，「是，看來我和你的經歷一樣，也到過那地道、那水泥甬道，在那巨大的抽氣扇附近，我看到你遺下的**工具箱**。」

我一面說，齊白臉上恐懼的神情一面增強，甚至*蜷縮*到角落裏去。

等我的話告一段落之際，齊白緊張地問：「你沒有通過那抽氣扇吧？」

「通過了，那是一間**機房**，真怪，我以為我該在一座古墓中。」

「天，你走上了樓梯？」他驚問。

我 **搖頭** 道：「沒有，我看到那句英文字，就知道自己一定來錯地方了，於是轉身往回走。」

「謝天謝地，你 **運氣** 比我好！」

我不知道那是什麼意思，連忙問：「那裏是什麼地方？」

齊白避開我的目光，「別問，你在機房沒有繼續前行，是你的運氣，你如果不想被追殺，就別問。」

「好，我不問這個問題，我們 **從頭開始**，你當初為什麼要把那部運動攝影機寄給我？」

　　齊白嘆了一口氣，「我本來想叫你一起 **參與** 的，可是單思……但你得感謝他，是他 **救** 了你一命。我想到用運動攝影機拍下整個過程，作為紀錄之外，也可以給你間接體驗一下。」

　　「可是你的攝影機壞了，只有聲音，沒有畫面。」

　　「對，我拍攝的時候並不知道，後來才 **發現** 影片只有聲音。我急着把整部攝影機寄給你，是希望可以保留着這些證據，萬一我落在他們手上的時候，能拿出來作要脅，**討價還價**，所以我要將它送到安全的地方保管起來。」

　　「什麼證據？那影片能作什麼 **威脅**？你沒有對我講清楚，不怕我將它當垃圾丟了嗎？」我説。

　　「你把它丟了？」齊白緊張地問。

我神氣地從 **口袋** 裏拿出那部運動攝影機説：「放心，我沒丟，還幫你拿去修好了，不過已拍的影片就無法修復過來。」

「你居然帶來了？」齊白驚叫。

「想得周到吧？」我很得意，以為他會讚賞我。

怎料在我 低頭 啟動攝影機，想向他展示機器操作正常的時候，他居然像單思那樣 **突襲** 我，在我的後腦上重擊一下，把我擊暈。

等到我漸漸又有了**知覺**之際，我發現自己正躺在一副**棺材**中，而且手腳被綁，口部貼着一塊膠布，無法說話。

我用力去**撞**四周，拚命發出聲響來。然後我就聽到外面有人說：「糟糕，他醒來了。」

另一人說：「怎麼會？我們注射了足夠的*麻醉*藥。」

「齊白早告訴過我們，這個人和別人不同，要多用些麻醉藥。」

「多用些？那會弄出人命的，這人要是死了，齊白會將我們的 揭開來，修理我們的腦子！」

聽他們的對話，使我明白目前的處境是齊白安排的。

我又撞了兩下頭，外面的聲音說：「對不起，先生，我們知道你醒了，但是你必須忍耐着，我們 受人所託，一定要將你運送到安全的地方去。」

第十五章

地球人
由於 自卑 和 愚昧……

　　我又被麻醉了一次，當我再有知覺，我首先聽到海濤聲和 *風聲* ，勉力睜開眼，發現自己躺在一個沙灘上，而我很快就認出，這裏就是我居住的城市。

　　我立即回家，舒舒服服地洗了一個 熱 水 澡 後，精神恢復了不少，便將我的經歷向白素敘述了一遍。

　　「你先休息一下吧。」白素關心地説。

我躺到床上去的時候，「枕頭」竟然硬如石頭，撞得我後腦一陣疼痛。我怪叫了一聲，坐起來，轉頭一看，原來枕頭上放了那一大塊玻璃磚。

白素連忙取起玻璃磚，歉疚道：「真抱歉，你不在的時候，我覺得這塊玻璃很古怪，就將它放在枕邊，注視它。」

我笑道：「你是不是憶夫成狂了，竟然把一塊玻璃當是我？」

白素沒好氣地説：「這玻璃真的很怪，裏面好像有一些東西。」

她將一盞燈移近了些，使燈光從玻璃背面透射過來，就在這時，我看到那玻璃內有許多變幻不定的青綠色線條，若隱若現。

「看到沒有？這些線條會隨着光線的 **強弱** 而起變化。」

「你想到了什麼？」我問。

白素放下了玻璃，直視着我，「齊白的第二段影片，不是有着 *連續不斷* 的玻璃碎裂聲嗎？而這塊玻璃我估計是單思留下的。齊白到過那墓室，單思可能也到過那兒，所以，這塊玻璃或許就是從那個墓室中來的。」

我點頭認同她的猜測，「可惜我沒找到真正的墓室。」

「你不是已經找到了嗎？只是你沒有繼續前去。」

我很 **訝異**，「難道説，你認為我沒有去錯地方？」

白素嘆了一聲，「一開始，我們就犯了一個錯誤，鑽進牛角尖走不出來。我們一直以為那是一座古墓，卻沒想到，**墓室** 不一定是 **古墓**，屍體也可以在現代建築之中。」

我張大了口，給白素的話 **一言驚醒**，她說得對，那三個神秘人亦曾經說過，我要去的不是古墓，而是墓室。只要是放置屍體的地方，都可以稱之為墓室，那當然也可以在現代建築之中。

想 到 這 裏 ， 我 突 然 **靈光一閃**，叫了出來：「我們一直想不明白，太空總署怎麼會和盜墓這件事扯上關係，但原來我們想錯方向了，整件事從頭到尾根本就不涉及『古墓』。而那三個沒有呼吸、沒有心跳、沒有軀體的神秘『人』，也明顯不是地球上的生物，他們很可能是從外星

來的,所以 **太空總署** 才會牽涉其中!那麼……他們要

我偷的屍體,很可能不是地球人的屍體,而是……他們的

同類!」

白素一邊思索,一邊點着頭,「假定有一批外星人的

屍體,落在 **地球人** 手裏,由於某種原因,他們自己沒

有能力弄回來,但根據一些資料,得知病毒是盜墓專家,

所以去請他幫忙,這不是很合理麼?」

「**對!**」我完全認同,「他們知道,在地球上,埋

葬死人的地方稱為墓,而最擅於從墓中 **偷取** 物品的人

就是病毒,所以就去找他。」

我們一想通這一點,大部分的迷霧好像也能撥開了。

例如白素想到:「你看到的那群建築物,一定是該國

太空總署屬下的一處 **秘密** 研究所。」

而我又想到:「那六個自稱是拍賣公司職員的人,真

正**身分**是太空總署的員工，他們在埃及境內墜機而死，很可能不是意外，而是被人滅口。」

「但為什麼要將他們滅口？」白素問。

「或許和單思的情況一樣，知道得太多了……」

我和白素將剛才的線索全部結合起來，答案已經呼之欲出，一同叫了出來：「**因為外星人！**」

到目前為止，堅信地球以外另有高級生物的人雖然**愈來愈多**，而世界各地也不斷有不明飛行物體出現的報告，更有人**聲稱**見過甚至接觸過外星人，但都流於缺乏證據的傳言層次。

但如果讓人確確實實見到外星人來了，那將會是多麼**震撼**的一件事，人們會有什麼反應，對社會帶來多大衝擊，實在難以預料。

我一想到這裏，吞了一口**口水**，「他們決心要保守秘密，不讓世人知道外星人已經來了。」

白素說：「只要出現少許泄漏秘密的風險，就連自己人也不惜殺了滅口。」

我嘗試梳理整件事的脈絡：「我們一步一步來，首先，假定有一些外星人到了地球，曾經和地球人有過**接觸**，後來死了。」

　　白素接上去：「和外星人有過接觸的，估計是某國的高級軍事人員，或者是 **太空總署** 的人。」

　　我點頭認同，「當外星人死了之後，屍體被妥善收藏起來。曾和外星人接觸的高層人員亦下定決心，要將此事列為 **最高機密** 。」

　　「如果我是決策人，也會這樣做。」白素説：「外星人來地球，一直只是人類的 **幻想** ，如果忽然成了活生生的事實，每一個人都會感到極度震驚。所引起的混亂會達至哪個程度，實在無法估計，所以必須嚴守秘密。」

　　我大表反對：「我不覺得會有那麼 ⚠ **嚴重** 。」

　　白素苦笑了一下，「你別拿自己來作標準。一般人覺得外星人是很遙遠的事，萬一外星人真的來了，他們不知道該怎麼 **抵抗入侵** ——」

　　我忍不住打斷了白素的話，「等一等，為什麼外星

人來了，一定是『入侵』？這是人類的 **劣根性**，任何事首先考慮到的，便是自身的 **利益** 會不會被侵犯，一聽到外星人來了，就使用『入侵』這樣的字眼。為什麼他們不能只是來  **旅行**、來拜會、來表達同是宇宙生物的友善？」

白素說：「或許人與人之間的關係太惡劣了，所以無法想像有根本 **不懷惡意** 的外星人。」

我愈說愈激動：「人類太

愚昧了。外星人能來到地球，證明他們的智慧必然在地球人萬倍以上，地球人由於**自卑**，所以才產生了種種醜惡的想法。讓全世界的人知道外星人來了，有什麼不好？當然會引起一個時期的震撼和**混亂**，但是也可以使地球人的頭腦冷靜下來。看清自己實際上不是什麼萬物之靈，在整個宇宙，我們只是低級生物，就像地球上人和**蟻**的對比。」

「不至於相差那麼遠吧？」白素說。

我冷笑道：「也差不多了。我們看到蟻在爭奪**食物**，覺得十分可笑，其實，**人**還不是一樣？為了利益，人類在有了文明以來的幾千年中，做了多少蠢事！」

白素苦笑道：「是的，我同意。可惜，不惜一切代價要保守秘密的人不同意。齊白闖進了秘密的墓室，要躲到地洞裏**逃命**；單思知道了秘密，遭到殺害；而那六個太空總署的人員，恐怕也是因為有泄露秘密的風險，所以被滅口。」

我打了一個寒噤，「難怪齊白聽到我沒有繼續向前去，就說我的運氣比他好。他怕我**追查**下去會有危險，所以就將我打昏，託人運送回來安全的地方。」

「可憐的齊白，不知道他現在怎麼樣，還**躲**在地洞中？」

我當下有了決定：「我要去找他出來，和他一起，向

全世界人 **揭露** 這件事。」

　　「你有什麼證據？到現在為止，一切全是我們的推測。」

　　我自信十足地說：「齊白所拍的那兩段 ▶️**影片** 算是證據，可惜只有聲音。但我相信還是可以要脅太空總署的負責人，要他們向全世界公布這件事。萬一不行，我們就乾脆將那些外星人屍體偷出來，**給全世界人看！**」

第十六章

再闖禁地

　　我和白素花了三天時間，搜集某國太空總署的資料。我肯定我看到的那群建築物是在沙漠地區，所以就着重 **調查** 太空總署的附屬機構，發現有三處機構在沙漠中。

　　其中一個是火箭發射基地，我將它排除在外，因為當時我並沒有看到任何供 **火箭** 升空的高架設施。

另一個是太空人**訓練**中心，在資料圖片上所見，外形極具現代藝術感，和我當日所看到的建築物外形截然不同。

餘下的一個機構是「**外太空資料研究中心**」，名稱沒什麼特別，卻充滿神秘感，沒有確實的地址，從事什麼工作也提得極少，只知道第一批從**月球**上採集回來的礦石標本，都送到這裏作研究。

我對白素說：「我找到那個地方了，有沙漠的名字，只要**打聽**一下哪些地方是軍事禁區，不難找出那座建築物。」

「我也查到一些資料。」白素向我展示一些 **新聞**

截圖，「七個月前，太空總署的負責人泰豐將軍曾經到過

你提到的那個研究中心，目的不明。而第二天，該中心的

一位高級人員道格拉斯博士就撞車身亡了。」

我感到一股寒意，「連這樣高級的人員也不放過？」

白素苦笑了一下，「這裏還有一則 **小消息**。總統

接見泰豐將軍，商談約一小時，時間剛好在道格拉斯博士

遇害 前三天。」

我吸了一口氣，「這些事件的時序太可疑了。」

「這裏有兩則消息更可疑。」白素説：「一則消息

是該研究中心的一名主管級人員，因為神經失常而遭到革

職，他隨即 **失蹤**，下落不明。」

我細看資料，發現這個人的職位是「**重要資料**

保管主任」，革職原因是他在一次酒後聲稱自己不但見過

居民

9月9日　研究中心警報系統突然誤!

外星人，還 **撫摸** 過外星人的身體。

我望着白素，「我們的推測，離事實愈來愈近了。」

白素向我展示另一則消息：位於沙漠某地，一個附屬於太空總署的研究中心，警報系統突然 **誤鳴**，附近十里也可以聽到，隔得最近的居民事後提出抗議。

看日子，警報誤鳴發生在我收到齊白寄來攝影機之前十天左右，我馬上 *推斷*：「不是誤鳴，是齊白觸動了警鐘！」

事情愈來愈清晰了，也和我們估計的很吻合。我思考了一會，對白素説：「我們開始行動吧。**第一步**，先去找齊白。」

白素點頭同意。

要找齊白也不是難事，我們已知道那個研究中心所在的沙漠，也查出了軍事禁區的範圍。到達目的地，我們

租了一輛車，依着地圖在沙漠上行駛，直至看見「軍事基地，沒有許可證，不能前進」的告示牌後，我轉入了一條小路，穿過一片灌木林，略停下來。

我用**望遠鏡**找到了那群建築物，立即在腦海中回憶當時遇到齊白的大概位置，然後繼續開車前行。大約半小時後，車子已來到了那個長着**灌木**叢的土堆旁。

我停下了車，指着前面的幾株灌木説：「齊白就在下面的地洞中。」

「你這樣也認得？」白素有點訝異。

我笑着跳下了車，來到那幾株灌木前，將土裏露出來的兩根**管子**指給白素看，她一看就明白了。

我蹲下來，對着管子大聲説：「齊白，是我，衛斯理。雖然你**一片好心**，將我送走，但我還是回來了。你長期躲在地洞也不是辦法，我們一起解決這個危機吧！」

　　我叫了好幾遍，也沒得到回應，於是  用力 掀起

那土塊，向着地洞大叫：「齊白！」

　　地洞裏一點反應也沒有，這時天色已黑，白素用電筒

照進去，發現地洞內只有一堆 雜物，卻沒有任何人。

　　「齊白不在。」我説。

　　「看看他有什麼留下？」白素建議道。

我 *跳* 了下去，用電筒仔細查看了一遍，除了空的食物罐頭之外，什麼也沒有。齊白不在了，他到哪裏去了呢？

我只好 **留字** 於地洞，然後對白素說：「我從地道推開鐵板出來的那個神秘出口，現在還依稀記得它的位置。我們可以從那裏進入地道，前往墓室，將那七十四具外星人屍體弄了出來再說。」

白素同意：「對，有了這批外星人屍體，我們就可以和泰豐將軍 **談判**。」

我們於是回到車上，檢視一下所帶來的各種工具，然後開車出發。

要找那個入口處也不是難事，因為我清楚記得當時頂開鐵板爬出 **地面** 後，望向那群建築物的角度，和大概的距離。

我將車子駛到差不多的位置 **停下**，登時大吃一驚，因為就在那入口處附近，我們看到了三個穿着白袍的人，像 **幽靈** 一樣緊靠着。

「是他們！」我失聲道。

白素還未及反應，那三個人已經以極快的速度向我們移近。

他們其中一個先開口，聲音依舊僵硬：「你 **欺騙** 了我們。」

我作了一個讓他們冷靜的手勢，「我慢慢再向你們解釋。先給你們介紹，這位是我的太太，白素。」

白素知道無法和他們 **握手**，所以只是微笑道：「很高興認識你們，現在的形勢是，某些掌握着極大權勢的人，將你們來到地球列作 **最高機密**。任何人若有意揭穿這個秘密，都會招致殺身之禍。」

「他們為什麼要這樣做？」那人問。

白素說：「由於恐懼，怕你們是有**超等能力**的侵略者。」

「我們只不過是路過這裏。我們有自己的星球，你們的**星球**絕不適合我們居住——」那人說到這裏，忽然苦笑，「恐懼星球之間的侵略，最沒有道理，每個星球的環境都大不相同。在這裏，我們連生存都極困難，你們怕外星人侵略，就像森林中的動物，害怕**海中的水母**會去侵佔森林一樣無稽。」

我開口問：「那麼你們——」

「我們取回同伴的屍體，就會離去。而在我們的**航行報告**上，會有着某個星球上存在生物的紀錄。」

「你們的能力那麼高，為什麼不自己去將屍體弄出來？」白素問。

那人説：「在那墓室中，充滿着一種氣體，我們無法抵禦。」

「什麼氣體？」我立時問。

「這種氣體，在空氣中有五分之四，這已是我們所能承受的極限了。」

我恍然大悟：「是**氮氣**。」

那人又説：「如果你們能幫我們取回那些屍體，我們可以盡能力來滿足你們的要求。」

我和白素互望了一眼，然後説：「好的，但我們今晚無法行動，因為我們也要 **準備** 壓縮空氣。」

他們答應了一聲，便轉身離去了。

白素看着三人的背影，問我：「你曾告訴過我，他們白袍被扯脱之後，沒有身子？」

「我沒有 ◉ **親眼** 看到，是都寶告訴我的。」

　　白素推斷：「他們的身子一定十分小，小得只有我們的頭部那樣大。他們頂着白袍行動，看起來就像我們。」

　　我忍不住笑起來：「但他們總要有東西支持着，才不會跌下來。」

　　「那倒容易，不一定要實物，以一股強勁的氣體射向地面，就可以使他們的身子懸空了，甚至是一種磁力或引力都可以。你覺得他們的身子不應該很小嗎？你想想，如果他們的身子和我們一樣大，七十四具屍體，只派一個人去，怎麼偷得出來？」

　　白素的話使我如夢初醒，沒錯，那七十四具屍體一定很細小，所以一個人就能全盜出來！

第十七章

終於進入了墓室

由於見到了那三個人，又知道我們要去的墓室裏充滿着氮氣，所以在第二天，我們先驅車進鎮，買了兩副潛水用的壓縮空氣，等到天黑，再闖入軍事禁區，來到昨晚見到那三個人的地方。

這晚他們沒有出現，但白素説：「別管他們，我們只要將屍體弄出來，他們一定會出現的。」

我同意，於是向前走了十多碼，就來到地道的入口。我掀起泥土下的 **鐵板**，然後和白素一起彎着身，鑽了進去。

這地道我曾經進出過一次，自然 **駕輕就熟**，不一會，就來到了那甬道之中，我向白素說：「你看，我第一次來的時候，預期自己會在一座古墓裏，但見到眼前這情形，以為到錯地方了。」

白素看着水泥壁和那些鐵管，「真是，也難怪齊白在影片錄音中表現得那樣驚詫。」

在甬道中向前走，沒多久就聽到了 **抽氣扇** 的轉動聲，到了盡頭，那巨大的抽氣扇就出現在眼前。我們通過那小鐵門，進入機房，再推開另一道門，走上那條樓梯，看到樓梯盡頭的門上，漆着那句英文字：

「**未經許可，不得開啟。**」

　　白素低聲道：「我們要假定，從這扇門開始，就進入警戒系統，一切行動都要 **小心**。」

　　我點了點頭，發現門鎖着，於是拿出工具，花了近一分鐘的時間，成功開了鎖。

　　我和白素分別將壓縮空氣筒整理好，**咬**上了呼吸管，慢慢地推開門，並沒有預料中的警報聲，只見外面是一條長長的走廊，相當陰暗，只有盡頭處有一盞 **燈**，燈下是一扇門，門上釘着一塊牌子，我們用望遠鏡看到牌子上寫着：「 **警告**！任何人未得最高領導人准許，絕不能開啟此門！違反者將受到最嚴厲的軍法處罰。」

「墓室一定就在那扇門的後面。」我說。

白素點了點頭，我們便 **小心翼翼** 地沿着走廊前進，來到那扇門前，又花了近一分鐘去開鎖，成功後，我們悄悄潛入房中，將門關上。

本來漆黑一片的房間，在我們一踏進去之後，忽然 **大放光明**。我們可以看到那房間頗大，至少有一百平方米，可是卻 **空無一物**，只有牆壁、地板和天花板，全是純白色的。

我們隨即又發現，房間也不是完全空無一物，在近天花板的牆角處，就有着幾個 **閉路電視** 的攝像頭。

而就在這時，天花板的牆角處傳出一把非常訝異的聲音：「上帝！這兩個和我們一樣。」

當時我不明白這句話是什麼意思，接着，我們聽到了一下 **巨響**，好像什麼重物塌下來一樣，嚇得我們眨了

一下眼，再睜開眼來的時候，發現我倆
已經被一個 **大籠子** 罩住了。

房門隨即打開，有四名軍裝人員，
戴着類似防毒面具的東西，手中
持着特殊的武器，指着籠中
的我和白素。

我們馬上意識到，
自己已被當成外星人
了。

我和白素被當作
外星人這椿 *荒謬* 事
件，後來在一份絕對
機密的報告書中，有
着詳細的紀錄。

絕對機密報告書 由泰豐將軍親自撰寫，分為第一號、二號和三號，關於我和白素這件事的是第三號，簡要內容如下：

「在『小小事件』和『氣化事件』之後——以上兩事件，請參閱絕對機密報告書第一號和第二號——又發生了本報告書所記述的事，本署決定以『**雙人事件**』作為代號。

「在『氣化事件』之後，本署所屬的 **研究中心** 已採取了極其嚴密的保安措施，包括經最高當局同意的若干行動。這些行動都十分成功，有關人等已被消滅，保證機密絕不外泄。

「此外，我們估計對方還可能再來，於是加強防禦措施，並計劃將侵入者**俘虜**。結果在九月十七日凌晨三時，保安系統發現兩個侵入者闖進了密室，我們立即用預

設好的鋼籠將他們困住，並以攝像頭 **監視** 着目標物的一切行動。

「這兩個侵入者，外形與地球人無異，他們 **堅稱** 自己是地球人。經過歷時三天的反覆盤問，他們報出了自己的身分，在我們嚴謹查核過後，證實無訛，是 **誤會一場**。

「為了保守機密，本署曾考慮按處置以前的各人員一樣，將他們消滅，且已獲得本署決策人員的大多數通過。

「但是，兩人中男性的那人，宣稱他們之所以會來這裏，是受了 **三名外星人** 的委託。據他們所知，那三名外星人和我們曾得到的七十四具屍體是同類。他們目前還在 **地球** 上隨意活動，極其危險。為了獲得更多情報，本署決定暫時擱置消滅行動，將兩人轉移到另一密室，加以監視和訊問。」

　　以上就是報告書的大致內容，我把當中許多細節略去。

　　如報告書所述，當時我和白素**被禁閉**，他們說：「有關你們的情形，已有一份報告書呈上去給最高當局審閱，你們耐心等着！」

　　一直到三天之後，泰豐將軍親自前來，我和白素還擔心他會對我們**宣判死刑**，怎料他說：「我們國家的領導人要見你們。」

　　我們頓時鬆了一口氣，我還笑道：「哈，一下子變成**上賓**了。」

　　泰豐將軍怒斥：「你的態度最好嚴肅一點，事情並不好笑！跟我來！」

　　我和白素跟隨着泰豐將軍步出密室，經過重重關卡，走出建築物，再坐了極短程的車，然後登上一架**小型噴射機**。

　　航程中，機艙裏只有我們三個人。一開始時，我們幾乎不説話，十分鐘後，泰豐將軍才説：「有三份文件，你們可以先**看一看**。」

　　我很有點受寵若驚，將那些文件接過來，拆開封套，便和白素一起看着。

　　文件一共是三份，第三號報告書在前文已經引述，第一號和第二號所記錄的事，極其令人**吃驚**，整件事的**謎團**都可以在這兩份文件中得到答案。而兩份文件相隔的日子相當長，約為兩年。

絕密文件

第一號

「絕對機密報告書第一號」的大致內容如下：

「八月十七日，我署接到七宗市民報告，指出曾在八月十七日晚上見到 **不明飛行物體**。

「他們所報的不明飛行物體，形狀一致，在我國西北部沿海地帶飛行，最南和最北被看到的地點，相距一千六百七十二公里，而時間相差不過二十分鐘。假定不明飛行物體只有一個，那麼它的飛行速度達到了 **不可思議** 的程度。

「據目擊者形容，不明飛行物體是半圓球形，飛行時**忽高忽低**，極不穩定。有駕車的目擊者見到不明飛行物體之際，他的電動車突然失去動力。

「本署將七處不明飛行物體被人看到的時間和地點連起來，可以發現，該飛行物體由南到北，經過了我國西北部的三個主要大城市。而這三個城市都曾在不明飛行物體出現的時間內，發生 **電力** 供應中斷的事故，要在數小時後才恢復，

各供電站在事後的報告全是一樣：

『**原因不明**』。

Confidential
Report#1

「這種原因不明的電力中斷，是重大的風險。如果**敵人**有某種新的發明，可以利用某種飛行物體，癱瘓我國的電能系統，將會對國家**安全**構成極大的威脅。

「本署隨即進行調查，由胡非爾上校帶領亞倫上尉和李沙摩夫上尉負責。而調查小組經過一個月的努力，有令人震駭的發現。」

報告書餘下的內容，我會用自己的文字來叙述，因為我想補充一下**胡非爾上校**的資料。雖然我和胡非爾上校是後來才認識的，但在這裏插補他提供的資料，最為合適。

胡非爾上校擁有兩項博士學位，其中一項是**精密金屬學**，在軍中退役後，被調到太空總署工作，主管情報組。從敵對國家的太空軍備動態，到種種有關不明飛行物體的調查，全在**情報組**的工作範圍內。

　　調查工作落在胡非爾身上後，他首先會見了各**目擊者**，詳細詢問當時的情形。

　　最後看到那個不明飛行物體的，是兩名爬山者，他們說：「當時天色早已黑了，我們在 山 ⛰ 上紮營，可是奇怪得很，我們向山下望去，發現附近的城鎮全是漆黑一片，半點燈光也沒有。接着，我們就聽到了一種奇異的聲響。那是**嘈雜的聲音**，斷斷續續，像是運行不順的機械，然後，我們就看到了那個不明飛行物體。

　　「它的速度極快，卻在左搖右擺，再加上那些嘈雜聲，使我覺得它是**出故障**了。當時我們就一起叫：『這東西要掉下來了！』

　　「在飛行物體的四周，有閃電一樣的淺紫色光芒，時隱時現。它以極高的速度，**搖搖晃晃**地飛向北方，不消一會，就完全不見了。」

　　胡非爾向泰豐將軍報告了他自己的推測：「我估計，那個不明飛行物體在第一次被人看到時，已經出了故障，所以不得不低飛。它 **低飛** 的目的，有可能是獲取電力，但它用什麼方法獲取電力，暫時不知道，總之它飛過的地區，所有電力全部 **消失**。而最後斷電的地區，很可能就是飛行物體墜毀或者降落的地點。」

　　泰豐將軍下令：「不管是降落了還是墜毀了，你們必須去找一找。」

　　「知道！」

　　胡非爾於是帶着一些最精密的 **探測設備**，連同亞倫上尉和李沙摩夫上尉一起去搜索。

　　亞倫上尉二十九歲，軍校出身的優秀軍官，紅髮，身高一米八二，有着運動員的身形。

　　李沙摩夫上尉則是一名 **老兵**，已經四十二歲了，是

一名爬山專家，精通各種各樣的求生技能。

他們根據最後兩名目擊者指出飛行物體「搖搖晃晃」飛去的方向進發。

那一帶，全是 *高山峻嶺*，根本沒有道路。

他們沿途搜索了兩天，都沒有結果，最後終於登上了山頂，用強力望遠鏡觀察了好一會後，李沙摩夫忽然叫了起來：「我發現了一些東西，看西北偏西十五度，對面那個山頭的 **半山腰**，看到沒有？」

胡非爾看到了，「是，好像有人在那裏非法砍伐。」

亞倫也看到了，「至少有一百多株松樹被砍倒了，還來不及運走。」

李沙摩夫笑了起來，「這山頭上的 *松樹* 全送給你，你有什麼法子運出去？我看那些樹是被什麼力量撞倒的。」

胡非爾 *靈機一動*，叫了出來：「那不明飛行物體！」

李沙摩夫說：「對，它一定落在那地方。」

他們認定方位，立即往那個山頭進發，一天無法到達，便在山腰休息一晚，到了第二天中午時分，他們離目的地愈來愈近，**強力金屬探測儀** 的指針也開始移動，而且移動的幅度愈來愈大。

直至他們看到那些 **東歪西倒** 的松樹，那個「不明飛行物體」亦隨之出現眼前。倒下來的松樹很多，而那飛行物體就在最近北方邊緣的松樹旁，已經 **分裂** 成了三個部分。

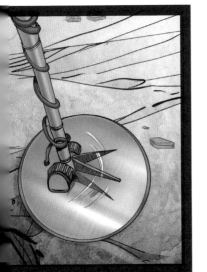

胡非爾、亞倫和李沙摩夫三人呆立着許久，才戰戰兢兢地向前走去。

　　那飛行物體的體積並不是十分大，直徑如一輛**大卡車**。他們向前走去時，地面上有着不少金屬碎片。

　　三個分裂部分，兩個較小，一個相當大，當他們來到最大那一部分的面前時，都震驚得完全僵住了！

他們三人雖然都是身經百戰的**軍人**，但也從未遇過這樣令他們震驚的事。

亞倫上尉首先發出了一下怪叫聲，接着是一下槍聲。

但**槍聲**也不足以令其餘兩人轉過頭去看亞倫發生了什麼事，他們仍然雙眼發直，盯着前面。

在槍聲之後，到李沙摩夫發出一陣狂笑，一面笑着，一面向前疾跑。

胡非爾稍稍**扭頭**望向李沙摩夫，看見他已經奔到了懸崖邊，而且一點也沒有停止的意思，狂笑着奔向前，從**懸崖**上直跌了下去。

胡非爾渾身發抖，完全説不出話，又扭頭去看看旁邊的亞倫，發現他已倒地，額角上有一個血如泉湧的洞。剛才那一下槍聲，顯然是他用手槍結束了自己的生命。

胡非爾當時只覺得**世界末日**已經來臨了，他甚至也下意識地拔了手槍在手，想學亞倫一樣吞槍自殺。

他們三人有如此驚人的舉動，是因為眼前所看到的情景實在太令人震驚了。當時他們  中只有一個意念，就是：世界末日來臨了，人類的前途結束了！

第十九章

絕密文件

第二號

　　他們在那個已經 **斷裂** 開來的機艙之中，究竟看到了什麼東西呢？據胡非爾上校說，那是人，一個一個人，很多，有好幾十個。那毫無疑問是人，雖然他們的體型極小，只有 *三十厘米* 左右，從比例上看，他們的頭部十分大，沒有頭髮，雙眼突出而形狀可怖，身上的衣服像是 **金屬絲** 組成。

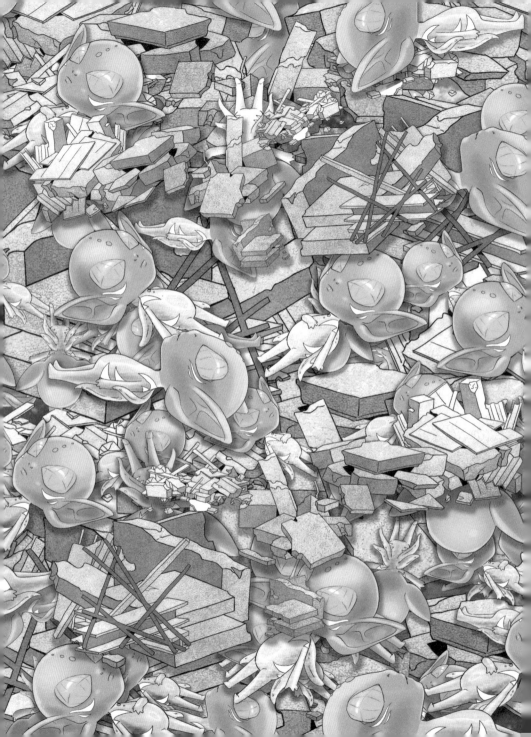

胡非爾上校已經拔出手槍，快要步亞倫和李沙摩夫的後塵，因為他一看到那些**小怪人**，就知道是外星來的高級生物，而根深蒂固的外星侵略者觀念立時發生作用，使他覺得地球人完了。

但在**千鈞一髮**之間，他發現那些怪人綠黝黝的眼珠暗淡無光，而且一直動也不動，胡非爾便意識到，他們其實已經死了，這才**鎮定**下來，打消了結束生命的念頭。

他開始檢視那些屍體，數了一數，一共有七十四具。在那機艙殘骸中，還有着許多他看不懂的**裝置**，更發現了一塊莫名其妙的玻璃磚。

胡非爾上校將玻璃磚和所有屍體帶回太空總署，幾名高級負責人看了之後，無不**目瞪口呆**，魂不附體。震驚過後，他們意見紛紜，有人認為要立即通知聯合國，有

人認為要 **解剖** 屍體，也有人認為要立時動員進入戰備狀態。但最後，是胡非爾的意見獲得一致通過。

胡非爾建議將這件事保密，絕對不能讓公眾知道，以免社會秩序遭到破壞。他們於是選了一處位於沙漠的研究中心，在最底層的一個 **密室** 中，用許多玻璃盒將那些外星人的屍體藏了起來。

為了避免屍體損壞，藏屍的玻璃盒是真空的，而整間密室則充滿了氮氣。那塊和屍體一起被發現的玻璃磚也收藏在這密室裏。

他們更帶着強力的 **炸藥**，到那個宇宙飛船墜毀的地點，將飛船的殘骸徹底炸得粉碎，不留任何痕迹。

整個過程都在 **極度機密** 的狀態下進行，亞倫和李沙摩夫兩人的死，經泰豐將軍親筆批署為「在執行某極度機密任務中 **殉職**」。

　　而從那天開始，任何人有泄露這個秘密的動機或風險，當局都 **迫不得已** 使用極端手段去杜絕。

　　於是，這件事就變成了不超過十個人知道的秘密，而這份絕對機密報告書的代號是「**小小事件**」。

　　我和白素看完「小小事件」報告書之後，不禁發怔。泰豐將軍望着我們，冷冷地說：「感到震驚？你們只不過看了報告書而已，可想而知，當日我們親身面對這件事，震撼有多大。這也是我們決定將此事 **保密** 的原因。」

　　我和白素一時間未能表達任何意見。泰豐將軍又說：「請繼續看第二號報告書。」

　　我們於是翻開第二份文件，這份絕密報告的代號是「*氣化事件*」，內容講述那研究中心藏有外星人屍體的密室，絕對不許任何人進入，即使該中心的負責人也不得進入。為此，總署作了最嚴密的措施，密室的門匙由

總署的胡非爾上校**保管**。

　　這項規定一直運作良好，兩年來完全沒有事故發生。但今年五月三十日晚，研究中心的警報系統突然被觸動，他們發現那個密室的門鎖已被破壞，由於規定十分嚴格，在胡非爾上校**抵達**之前，沒有人敢進入那個密室查看。

　　胡非爾匆匆趕到後，立即進入密室，發現密室中全是碎玻璃。用來放置外星人屍體的玻璃盒全都破碎了，所有外星人屍體**不翼而飛**。

房間中氮氣早已全部逸出，混入 空氣 之中。由於滿地都是碎玻璃，胡非爾也不能確定那塊奇特的玻璃磚是不是也成為碎片。

外星人屍體全不見了，胡非爾憂心忡忡，不知屍體會落到什麼人手上，到底誰有這麼大的本事，能夠 闖 入這個地下密室？

當局調查了半個月後，有所發現：一名身分神秘的中國人，被不少人認出，在五月三十日的前後，曾在研究中心附近的市鎮出現。而這個中國人在六月一日凌晨，曾在那鎮上喝醉了 酒 ，大叫「世界末日來了」、「人類的命運要終結了」這一類的話，當時酒吧裏的人認為他是某個新教派的傳播者。

胡非爾立即將調查集中在這個中國人身上，根據目擊者的描述，再結合 大數據 的搜索，查出這個中

國人的名字叫單思，出生於一個**極富有**的家庭，而他本身是一個傑出的業餘盜墓人。

胡非爾還查出單思正身處開羅，於是立刻飛往當地，並根據**情報**，在一家酒吧裏找到了他。

胡非爾是一名老練的情報人員，他沒有表露身分，非常有技巧地接近單思，坐在其旁邊喝酒，等到時機成熟時，才裝作喝醉，胡言亂語起來：「世界末日已經到了，你知道嗎？」

單思像是遇到了**知音**，登時大力點頭，「當然知道。我以為只有我們兩個人知道，原來你也知道？其他**地球人**知道嗎？」

單思這樣說，等於告訴胡非爾：偷入研究中心是**兩個人**，除了他之外，還有另一個人。胡非爾暗自吃驚，繼續裝醉說：「沒有別人知道，只有我們三個知道這秘密。」

「完了，完了，該死的 齊白 ，他為什麼要邀我做這種事？」

胡非爾知道另一人的名字了，連忙探問：「齊白在哪裏？」

「不知道……」單思喝得很醉，「太可怕了……像是一場 惡夢。他打破一個個玻璃盒，可是……那些屍體突然漸漸消失，像是融化在空氣之中，不見了。齊白不斷打破玻璃盒，屍體不斷 消失 ……」

胡非爾一時之間還不明白單思這番話的意思，但經過幾次借醉交談後，總算弄清楚了事情的經過：

齊白邀單思一起去盜墓，通過地道，進入密室，看到了 外星人 的屍體，兩人都非常震驚和激動。齊白想帶走屍體，所以打碎那些 玻璃盒子 。但沒想到，玻璃盒一被擊碎，盒中的屍體便漸漸消失。

接着，他們發現了一塊玻璃磚，跟那些玻璃盒很**不一樣**，齊白便拿起了它。

至於單思，他從看到外星人屍體開始，就一直驚呆地僵立着，不能作出任何反應。

最後，齊白的行動終於觸動了警報，他立刻拉着單思逃跑，成功逃了出來之後，齊白說：「單思，我們看到了**不應該看到的秘密**，可能會招致殺身之禍，一定要找個安全的地方躲起來。」

單思依然有點不知所措，驚問：「你手上這塊玻璃磚怎麼處置？」

「這東西很古怪，我認為內裏藏着許多秘密，我會想辦法**拆解**出來。」

兩人分手後，齊白不知所終，單思到了埃及，由於**受驚**過度，終日買醉，直到胡非爾上校找到了他。

　　當胡非爾認為探問已足夠，準備將單思滅口的時候，卻出現了一點意外，幾個來歷不明的人突然帶走了單思。

　　胡非爾那時不知道單思被什麼人帶去了什麼地方，而我倒可以推測，那些「來歷不明的人」一定是齊白的朋友，將單思從開羅運送到更安全的地方去，情形就像將我麻醉送回家一樣。

Confidential
Report#2

　　報告書最後提及，當再發現單思的行蹤時，已立即派人將其滅口，至於另外派去尋找失物的六個人，由於行動不夠謹慎，有暴露**線索**的風險，所以也除掉了。

　　因為屍體的神奇消失，這事件的代號定為「氣化事件」。

　　胡非爾擔心屍體的「**氣化**」可能是一種信息的傳播，會通知同類前來，所以他提議不封閉地道，作為一個陷阱，希望能將闖進來的外星生物擒住。

　　結果，我和白素就落入了他們的**陷阱**，所以才有了第三號報告書。

第二十章

看完了那三份報告書，我和白素深深吸了一口氣，而**飛機** 亦已降落在一個軍用機場了。我和白素由車子送到一幢建築物，**武裝人員** 帶着我們進入一個房間，關上了門。我倆才坐下，對面的一幅牆突然移開，與隔室貫通成一個大房間。

在隔壁那間房中，已有五個人在，一個是泰豐將軍，還有一個看來已超過七十歲，但是體格仍然可以稱得上**壯健** 的老者，我們一眼就認出他是這個國家的最高領導人。

我們還認得另外兩位高級官員。只有一個坐得離我們最近的人，我們不知道他的身分。他身形極高，瘦削而剽悍，👁 👁 雙眼 炯炯有神。

這個人盯着我們，作自我介紹：「別人不必介紹了，我是胡非爾上校。」

這就是我第一次遇見他，我們禮貌地握了一下手，胡非爾就 **迫不及待** 説：「好了，每個人都知道是什麼事，我們可以開始討論。」

我覺得這情形很可笑，立即抗議道：「等一等，我來這裏不是自願的，哪有 **強迫** 人開會的道理？」

胡非爾用他那雙有神的眼睛盯着我，「現在是地球 **最危急** 的時候了！你還講究這些？」

我冷笑了一聲，「你是指外星人來了？只要宇宙中另外還有生物的話，他們遲早會來，有什麼好大驚小怪的？」

　　胡非爾還想批評我，但那個老者 **咳嗽** 了一聲說：「對不起，你的確不是自願來的，但你擅闖軍事重地，我國有權審問你。」

　　我正想開口，老者一 **揮手**，不讓我説下去，「現在我們也不是要審問你，只是想和你討論一下，找出事情的應付方法。」

　　作為一個超級大國的最高領導人，這位老者的態度比胡非爾好得多了，我也心平氣和地説：「好。首先，我不

認為外星人到了 🌍 地球 有什麼不好，他們遲早要來的。

我們也不必根據地球人的觀念，認為他們來了，一定是入

侵。太空侵略完全是電腦遊戲、**漫畫** 和 **電影** 中所創作

的故事，不一定會發生在現實生活中。」

　　泰豐將軍馬上說：「但萬一他們展開攻擊，*我們*

絕無抵抗的餘地。」

　　我笑了起來，「將軍，你這樣的邏輯，就好像一個侏

儒，一見到重量級拳王，就認定了這個拳王會攻擊他。」

　　泰豐將軍一時語塞，那老者回應道：「但如果他遇到的不是拳王，而是一頭**獅子**，或者是我們從未遇過的**恐龍**呢？難道也不用害怕？」

　　我於是反問：「你會怎麼辨別對方是拳王、獅子，還是恐龍？」

　　老者沒有回答，倒是胡非爾*衝口而出*：「廢話！當然是看出來！」

　　我立時笑了笑，「我遇見過他們。」

　　這句話才一出口，房間裏的氣氛頓時緊張了起來，所有人都不由自主地挺了挺身子，等待我説下去。

　　「關於**侵略**，你猜他們怎麼説？」我當然不是真的讓他們猜，而是直接説下去：「他們舉了一個十分有**說服力**的例子，説在海中生活的水母，絕對不會將牠的領土擴張到森林去，因為在森林中，牠們根本無法生活。試想想，雖然水母擁有強大的能力，幾乎沒有什麼陸地生物可以抵抗牠的毒素。但如果生活在西伯利亞平原上的一隻野兔，日夜去**擔心**海上的水母會來進襲，這是什麼心態？」

　　幾個高層領導人面面相覷，看來有點同意我的説法，但胡非爾叫了起來：「不！野兔本來不必擔心，但如果水母已經出現在牠生活的領域，能不擔心嗎？」

　　那老者也喟嘆：「**是啊，現實是，他們已經來了。**」

我吸了一口氣，「對，這是事實，他們已經來了，但正如我剛才舉的例子，他們到底是拳王、獅子，還是恐龍，難道看不出來嗎？他們能來到 🌍地球，證明擁有比我們高等得多的智慧和科技，我們看着他們，就如小孩看着老師，難道 小孩 會把老師當作是低等智慧的猛獸，會怕被老師咬死？」

這幾位領導人又互望着彼此，似乎都開始 認同 我的看法。

這時白素也開口説：「只有彼此互相了解，才是可行的應對之道。各位，他們來了，這是事實，驚恐沒有用，防禦 又不夠能力，就讓他們來好了。」

但胡非爾仍然質疑道：「可是絕大多數的人也無法忍受身邊忽然出現一種三十厘米高的小人，而且智慧能力還在我們之上。」

白素説：「一開始，誰都會不習慣，但這是一個不可抗拒的事實。將來，不同星際生物互相往來的情況必定會愈來愈多，不但會有三十厘米的 **小人**，也會有二十米的 **巨人**，甚至形態上完全超乎

我們想像的外星人，我們的原則必須改變，不能在心理上把他們當作侵略者，而應該視他們為 **朋友**。」

那老者突然展現出豁然開朗的神情，「白女士的話很有意思，我也同意，現在應該是開始的時候了，開始改

變我們對外星人的態度，如果不改變，地球人無法 **適應** 未來的生活。不過，改變全世界人的根本觀念，需要時間。」

我立即說：「我們正好有時間。那些三十厘米高的外星人，不見得會突然大量出現，因為水母不適合在陸地生活，而他們則**害怕氮氣**。」

那最高領導人滿意地點頭道：「邀請兩位來會面的目的，就是想通過兩位，向他們轉達一聲。」

我明白他的意思，便說：「請放心。我相信，當他們知道那七十四具屍體已經**消失**，就不會再留在地球了。」

老者站起來和我握了一下手，我答應為他傳話。

　　我和白素重獲 **自由** 後，本來打算再到北非的那個沙井去見那三個白袍人，可是臨上飛機時，突然收到老蔡打來的電話，他一開口就哭叫道：「屋子裏不乾淨！」

　　我心中好笑，「不乾淨，你就把它打掃乾淨啊。」

　　「不是……是……有鬼！」老蔡鼓起勇氣説出來。

　　「**開什麼玩笑**？」

　　「不是説笑的，我見到了兩次，那……**怕**得很，有三個頭，穿着白袍，走路像是飄的一樣，我特意放兩頭狗進來，怎料兩頭狗竟然伏下，叫都不敢叫……」

　　我一聽到老蔡這樣形容，不禁大喜若狂，馬上吩咐他：「別讓那隻鬼走！大聲告訴他，衛斯理馬上回來，**不見不散**！」

　　我和白素馬上改 **機票**，乘坐最快的航班回家。

回到家裏，只見老蔡一臉慌張地指了指我的書房，我三步併作兩步跳上樓梯去，推開書房門，就看到那三個人「擠」在一起坐在沙發上。

等白素也進來，關上了書房的門，我開口道：「三位，那些屍體已經 **不存在** 了。」

「不存在？」他們其中一人問，依然是那種像機械的聲音。

我於是把屍體「氣化」的事告訴他們。

他們發出了「啊」的一聲，眼中現出一種異樣的光芒。

那人說：「那是一種極其複雜的**化學反應**，我們不能暴露於濃度太高的氮氣中。」

我**猶豫**着該怎麼轉達那位最高領導人的意思，誰知那人好像已看出我的心思，說：「我們會離去的，除了屍體，我們還要取回這個 *記錄儀*。」

那人的衣袖向上舉了一舉，我這才注意到那塊玻璃磚在他的「手」中。

我和白素同時低呼了一聲：「這是記錄儀？」

「對，它記錄了我們每個 **旅程** 中所發生過的一切。你知道嗎？在我們遠航的過程中，發現不少星體上有高級生物，而你們是最落後的。」

我望了白素一眼，苦笑道：「並不意外。」

那人又說：「離開之前，我想給你們留下一句話：記住，**精神上的充實**，才能使地球人生存在一個滿足而又沒有掠奪的環境中。」

　　説完後，他們三個人一起離開了**沙發**，我和白素送他們離去，嚇得老蔡驚叫着跑到地下室躲起來。

　　事情終於告一段落，沒多久之後，病毒也去世了，他將畢身收藏的寶物捐給埃及國家博物館。

　　又過了一年，在一個偶然的機會下，我在歐洲的一個滑雪勝地遇見了齊白。他已經回復昔日的生活方式，無憂無慮地在**滑雪**了。

　　我們在**壁爐**前談了一整晚，他告訴我：「當日我把兩樣東西寄給你，但為了分散風險，我託兩組人分開運送。負責送玻璃磚的那個人，可能見你家裏被單思搜得一片**混亂**，隨便把東西放進你的書房就走了。」

　　我抗議道：「你老是把東西寄給我幹什麼？」

　　「我説過了，那攝影機是拿來威脅要追殺我的人。萬一我被他們抓住，我就會**威脅**説，如果我死了，有人

會 *自動* 把影片公開，讓全世界知道他們藏着外星人屍體的事。至於那塊玻璃磚，我知道它一定是外星人的高科技物品，所以寄給你，希望你能拆解當中的秘密，或許可以找出抵禦外星人的方法。」

我心想，當日單思找我要的，應該就是這塊玻璃磚，他也 **盼望** 從中找出對抗外星人的方法。

我對齊白苦笑道：「你也挺看得起我的，你還對病毒說，如果我幹你們那一行，一定會幹得很出色。」

「不是嗎？」齊白笑了笑，「不過，還是寫 *幻想小説* 最適合你。」

「為什麼？」

「你沒發覺嗎？人們好像愈來愈不把外星人來地球當成一回事了。」齊白裝作十分 *認真* 地分析着：「他們一定是看你的幻想小説看得多，對外星人加深了解，觀念漸

漸起了變化，不再把外星人來地球看成是世界末日。」

看到齊白能開玩笑，證明他的身心真的完全回復過來，我笑着附和他：「看來我真是 **功不可沒** 啊。」

我倆不禁大笑起來，很久沒和他這樣一起大笑過了。

（完）

掩飾

我在想，那三個人頭巾拉得很低，坐沙發總是擠在一起，説不定就是要**掩飾**他們奇特的真身！

意思：指設法遮蓋、掩蓋真實情況，不想讓他人發現。

凶多吉少

「盜墓──從一個墓室中，將七十四具屍體盜出來。就是齊白沒有做成功的事，齊白如今下落不明，**凶多吉少**。」

意思：凶害多，吉利少，形容事情的形勢不樂觀。

炫耀

我一看就知那是齊白的盜墓工具，齊白喜歡為他的工具鑲上象牙柄來**炫耀**，表示他是第一流的盜墓人。

意思：特意強調和誇大自己。

討價還價

「對，我拍攝的時候並不知道，後來才發現影片只有聲音。我急着把整部攝影機寄給你，是希望可以保留着這些證據，萬一我落在他們手上的時候，能拿出來作要脅，**討價還價**，所以我要將它送到安全的地方保管起來。」

意思：在買賣或談判時，雙方商量符合自己理想的價錢或條件。

麻醉

「齊白早告訴過我們，這個人和別人不同，要多用些**麻醉**藥。」

意思：在醫學上，為方便醫生於病人施行手術，而利用藥物使人局部或全身暫時喪失感覺的方法。

注視

白素連忙取起玻璃磚，歉疚道：「真抱歉，你不在的時候，我覺得這塊玻璃很古怪，就將它放在枕邊，**注視**它。」

意思：集中視線，專心地看。

傳言

到目前為止，堅信地球以外另有高級生物的人雖然愈來愈多，而世界各地也不斷有不明飛行物體出現的報告，更有人聲稱見過甚至接觸過外星人，但都流於缺乏證據的**傳言**層次。

意思：輾轉流傳的話。

禁區

我對白素說：「我找到那個地方了，有沙漠的名字，只要打聽一下哪些地方是軍事**禁區**，不難找出那座建築物。」

意思：指未經許可，不允許進入的特殊地區。一般禁區周圍設有設施和警告牌提醒不准進入。

革職

「這裏有兩則消息更可疑。」白素説：「一則消息是該研究中心的一名主管級人員，因為神經失常而遭到**革職**，他隨即失蹤，下落不明。」

意思：指從任職的機構中被開除。

談判

白素同意：「對，有了這批外星人屍體，我們就可以和泰豐將軍**談判**。」

意思：就某些重大事情，一起討論找出解決辦法或共識。

氮氣

「這種氣體，在空氣中有五分之四，這已是我們所能承受的極限了。」

我恍然大悟：「是**氮氣**。」

意思：地球大氣中所佔比例最高的氣體，是無色無味的。

如夢初醒

白素的話使我**如夢初醒**，沒錯，那七十四具屍體一定很細小，所以一個人就能全盜出來！

意思：好像從睡夢中剛醒過來。比喻從糊塗、錯誤中恍然大悟。

無訛

這兩個侵入者，外形與地球人無異，他們堅稱自己是地球人。經過歷時三天的反覆盤問，他們報出了自己的身分，在我們嚴謹查核過後，證實**無訛**，是誤會一場。

意思：「訛」解作不實、錯誤；「無訛」即是指沒有錯誤。

砍伐

胡非爾看到了，「是，好像有人在那裏非法**砍伐**。」

意思：用鋸、斧等把樹幹鋸下來或劈砍。

根深蒂固

胡非爾上校已經拔出手槍，快要步亞倫和李沙摩夫的後塵，因為他一看到那些小怪人，就知道是外星來的高級生物，而**根深蒂固**的外星侵略者觀念立時發生作用，使他覺得地球人完了。

意思：「蒂」是瓜、果和莖、枝相連的部分；比喻根基深厚牢固、不可動搖。

魂不附體

胡非爾上校將玻璃磚和所有屍體帶回太空總署，幾名高級負責人看了之後，無不目瞪口呆，**魂不附體**。

意思：靈魂離開了身體，用作形容受到極大的驚嚇，恐懼萬分，不能自主。

不翼而飛

胡非爾匆匆趕到後，立即進入密室，發現密室中全是碎玻璃。用來放置外星人屍體的玻璃盒全都破碎了，所有外星人屍體**不翼而飛**。

意思：指沒有翅膀也會飛走，用來比喻物品忽然丟失。

知音

單思像是遇到**知音**，登時大力點頭，「當然知道。我以為只有我們兩個人知道，原來你也知道？其他地球人知道嗎？」

意思：比喻了解自己的知心朋友。

侵略

「太空**侵略**完全是電腦遊戲、漫畫和電影中所創作的故事，不一定會發生在現實生活中。」

意思：侵犯掠奪，通常帶有征服領土的目的。

不見不散

我一聽到老蔡這樣形容，不禁大喜若狂，馬上吩咐他：「別讓那隻鬼走！大聲告訴他，衛斯理馬上回來，**不見不散**！」

意思：表示無論約定時間是否已過，不見到對方絕不離開。

衛斯理系列 少年版 27

盜墓 下

作　　　者：衛斯理（倪匡）

文字整理：耿啟文

繪　　　畫：鄺志德

助理出版經理：林沛暘

責任編輯：梁韻廷

封面及美術設計：Karina Cheng

出　　　版：明窗出版社

發　　　行：明報出版社有限公司

　　　　　　香港柴灣嘉業街 18 號

　　　　　　明報工業中心 A 座 15 樓

電　　　話：2595 3215

傳　　　真：2898 2646

網　　　址：http://books.mingpao.com/

電子郵箱：mpp@mingpao.com

版　　　次：二〇二二年十二月初版

I S B N：978-988-8828-35-7

承　　　印：美雅印刷製本有限公司